Ernst Grubitz

# Kritische Untersuchung über die angelsächsischen Annalen bis zum Jahre 893

SALZWASSER VERLAG

Ernst Grubitz

# Kritische Untersuchung über die angelsächsischen Annalen bis zum Jahre 893

1. Auflage | ISBN: 978-3-75251-722-4

Erscheinungsort: Frankfurt am Main, Deutschland

Erscheinungsjahr: 2020

Salzwasser Verlag GmbH, Deutschland.

Nachdruck des Originals von 1868.

# Kritische Untersuchung

über die

# angelsächsischen Annalen

bis zum Jahre 893.

---

## Inaugural - Dissertation

zur

Erlangung der philosophischen Doctorwürde

bei der Universität zu Göttingen

von

## Ernst Grubitz

aus Minden.

---

Göttingen, 1868.

Druck der Dieterich'schen Univ.-Buchdruckerei.

(W. Fr. Kaestner).

Eins der merkwürdigsten Erzeugnisse mittelalterlicher Geschichtsschreibung sind die in sieben Handschriften erhaltenen Aufzeichnungen, die man mit dem Namen „Angelsächsische Chronik" bezeichnet. Sie enthalten nach Jahren geordnete, in der Sprache der Angelsachsen abgefasste Nachrichten über die Geschicke Englands unter der Herrschaft dieser deutschen Stämme; in einer Handschrift werden sie bis zur Thronbesteigung Heinrich II. fortgesetzt. Neben ihnen kommt für die angelsächsische Periode fast nur noch Beda mit seinen verschiedenen historischen Werken in Betracht. Andere in ähnlicher Ausführlichkeit und Ausdehnung gearbeitete geschichtliche Hervorbringungen sind nicht erhalten, scheinen auch in Süd- und Mittelengland [1]) nicht vorhanden gewesen zu sein, da die lateinischen Chronisten des zwölften und der folgenden Jahrhunderte im wesentlichen auf Beda und die Chronik oder auf Ableitungen derselben angewiesen sind. Die angelsächsische Chronik hat somit ähnliche Bedeutung, wie die andern germanischen Stammesgeschichten, die auf deutschem, französischem, italienischem oder spanischem Boden erwachsen sind: sie steht wohl einigen an Reichhaltigkeit des Inhalts nach, umfasst aber einen grössern Zeitraum, als irgend eine von ihnen, und ist das älteste in der Landessprache geschriebene Geschichtswerk des germanischen Mittelalters.

Leider war ihre Benutzung für die Geschichte bis vor wenigen Jahren durch die Form der Ausgaben sehr erschwert. Die ersten Herausgeber: Wheloc (Chronologia Anglosaxonica

---

1) Für Nordengland kommen noch die von Pertz entdeckten und Mon. Germ. Hist. SS. XVIII herausgegebenen Ann. Lindisfarnenses et Dunelmenses in Betracht.

Cambridge 1644), Gibson (Chronicon Saxonicum Oxford 1692), J. Ingram (The Saxon Chronicle with an english translation. London 1823), Petrie (Monumenta historica Britanniae London 1848) stellten aus allen Nachrichten, die in den Handschriften oft sehr abweichend unter einem und demselben Jahre sich vorfanden, einen aus diesen zusammengesetzten Text her, so dass es fast unmöglich war, die Ueberlieferung nach Sprache und Alter zu sondern und eine richtige Ansicht über den Werth derselben zu gewinnen. Es ist das Verdienst deutscher Gelehrter, insbesondere von Schmid (die Chroniken der Angelsachsen Hermes Bd. XXX, 1828. pag. 286 sqq.), Lappenberg (Einleitung zu Bd. I. der englischen Geschichte p. XLIX sqq.), denen sich Pauly an verschiedenen Stellen seiner Werke und in Sybel's hist. Zeitschr. Bd. VI anschliesst, auf diese Uebelstände aufmerksam gemacht zu haben. Ihrer Anregung ist es wohl zu verdanken, dass 1861 bei der von Thorpe besorgten Ausgabe der Record commission endlich das bisherige Princip verlassen und ein abgesonderter Abdruck der sechs wichtigsten Handschriften erfolgt ist. 1865 hat dann Mr. Earle (Two of the Saxon Chronicles parallel. Oxford) noch einmal MS. A und MS. E. vollständig herausgegeben und zuerst eine wirklich kritische Untersuchung sämmtlicher Manuscripte als Einleitung seiner Ausgabe voraufgehen lassen.– Das wichtigste Resultat derselben, für die deutsche Wissenschaft klarer und bestimmter von Pauly Göttinger gel. Anzeigen 1866 pag. 1406—1423 hingestellt, ist, dass fünf dieser Handschriften, wiewohl aus einer gemeinsamen Quelle geflossen, zu einem Theile selbstständige historische Arbeiten darstellen, die ungefähr in demselben Verhältniss zu einanderstehen, wie die Ableitungen der Hersfelder Annalen, welche in den Annalen von Hildesheim, Quedlinburg, Weissenburg, Ottobeuern und bei Lambert von Hersfeld vorliegen.

Trotz der grossen Verdienste, die sich Earle um die Kritik erworben, ergab sich bei der Beschäftigung mit angelsächsischer Geschichte für mich die Nothwendigkeit, die Annalen einer erneuten Untersuchung zu unterziehen. Auf den folgenden Seiten lege ich die Resultate derselben bis zum Jahre 893 dar.

# Der Text.

Die handschriftliche Ueberlieferung bis zum Jahre 893 zerfällt in zwei Gruppen. In den MS. A. oder den Annalen von Winchester [1]), MS. B. oder einer in Canterbury gefertigten etwas abweichenden Abschrift von Winchester Annalen [2]), MS. C. oder den Annalen von Abingdon [3]) beginnt die eigentliche Aufzeichnung mit dem Jahre 66 a. Chr.; die beiden ersten haben ausserdem gleichsam als Vorrede eine Stammtafel der westsächsischen Könige, MS. A. bis Aelfred MS. B. bis Eadward II. hinab, bei MS. C. vertritt ihre Stelle ein Menologium und eine Sprichwörtersammlung. Die andere Handschriftengruppe MS. D. Annalen von Worcester [4]), MS. E. Annalen von Peterborough [5]), MS. F. eine frühestens im 12. Jahrhundert in Canterbury verfasste, bis 1058 reichende Bearbeitung [6]) angelsächsischer Geschichte nach meist noch erhaltenem Material, beginnen mit einer, Beda's Kirchengeschichte entlehnten, ethnographischen Beschreibung Englands, enthalten bis 731 einen nach Beda's historia ecclesiastica wesentlich um-

---

1) Wanley Catalogus librorum veterum septentrionalium pag. 219. Monumenta Historica Britannica Pref. pag. 77. Hardy, descriptive catalogue of materials relating to the history of Great Britain and Ireland vol. I. pag. 654. Earle, Introduction pag. VIII sqq.

2) Wanley pag. 218. 220. Mon. Hist. Brit. Pref. pag. 75. Hardy vol. I. pag. 655. Earle Introd. pag. XXIV.

3) Wanley pag. 219. Mon. Hist. Brit. Pref. pag. 76. Hardy vol. I. pag. 656. Earle Introd. pag. XXXV sqq.

4) Wanley pag. 220. Mon. Hist. Brit. pag. 76. Hardy vol. I. pag. 657. Earle Introd. pag. XXXIX.

5) Gibson, Chronicon Saxonicum Praef. Wanley pag. 64. Mon. Hist. Brit. p. 76. Hardy vol. I. p. 657 sqq. Earle Introd. p. XLIII sqq.

6) Wanley pag. 220. Mon. Hist. Brit. Pref. pag. 76. Hardy vol. I. pag. 660. Earle Introd. pag. LII.

gearbeiteten und vermehrten Text, MS. D. und MS. E. ausserdem noch vom Ende des siebenten bis Ende des achten Jahrhunderts northumbrische von Earle pag. XL nachgewiesene
Annalen. Für die ersten 9 Jahrhunderte ist ihr Text als ein
abgeleiteter und vielfach umgearbeiteter nicht in Betracht zu
ziehen.

Es bleibt nur die erste Gruppe übrig. Unter diesen nimmt
nach palaeographischen Anzeichen MS. A. unbedingt die erste
Stelle ein. Seine Regententafel reicht bis zum Regierungsantritt
Aelfreds, die erste Hand schliesst mit dem Jahre 891. Wanley[1] meint daher auch, dass es noch unter Aelfreds Regierung geschrieben sei. Keiner der späteren hat sich jedoch
dieser Ansicht angeschlossen. Petrie und Hardy stellen eine
bestimmte Ansicht nicht auf, Earle[2] schwankt, ob er es für
eine winchester Handschrift des zehnten Jahrhunderts, oder für
eine damals in Canterbury genommene Abschrift eines Winchester Originals halten soll. Pauly[3], stimmt mit Earle überein. Die paläographischen Kennzeichen ergeben also eine sichere Entscheidung über die Originalität von MS. A. nicht.
Innere Gründe und eine Vergleichung mit MS. B. und MS. C.
müssen den Ausschlag geben.

In MS. A. wechselt die Handschrift am Schlusse des Jahres 891 und im Jahre 894 mitten im Satze „ac hie haefdon þa
hiora stemn gesetenne" nach dem Worte haefdon. An beiden
Stellen müsste, die Originalität von MS. A. vorausgesetzt, je-

---

1) Praef. ad Catalogum. Quam primum codicem illum inspexi
scriptum illum esse Anno Domini 891 vel circa id tempus existimabam,
quod ab initio codicis ad istum annum nihil non in una eademque anti-
qua manu, quae regnante Aelfrede in usu erat, scriptum est, et deinde
ab isto anno usque ad finem omnia in aliis manibus exarata sunt.

2) Whether it is really a manuscript of the last decade of the
ninth century J hesitate to judge. The penmanship is almost too ma-
ture for so early a date. (pag. VII). If not on original, we may suppose
that when in process of time this Chronicle had become famous and
venerable, a careful transcript of it was ordered for the Library of Christ
Church, Canterbury. (pag. VIII).

3) Gött. gel. Anzeigen 1866 pag. 1408. Die Anfänge des Buchs
oder vielleicht eher noch sein verlorenes Original müssen aus Winchester, dem vornehmsten Stifte von Wessex stammen.

desmal ein neuer Verfasser eingetreten sein. Nun schliessen
sich aber die Jahre 892 und 893 [1]) eng an die vorhergehenden Jahre an, erst mit 894 beginnt eine viel ausführlichere,
lebhafte, offenbar von einem Mitlebenden verfasste Darstellung
des letzten grossen Daenenkampfes unter Aelfreds Regierung,
eine Darstellung, die durch Lebendigkeit und Fülle weitaus
vor allem früher in der Chronik berichteten hervorragt, zugleich aber so sehr aus einem Gusse ist, dass sie ohne Zwei-
fel von einem und demselben Verfasser herrühren muss. Wollte
man nun auch zugeben, dass dieser schon von 892 an begonnen, so ist doch nicht denkbar, dass er zu 894 mitten im Satze
aufgehört und einen Fortsetzer gefunden hat, der den Faden
der Erzählung ganz im Geiste seines Vorgängers aufgenommen
und weiter gesponnen haben müsste.

Einen weiteren Beweis gegen die Originalität von MS. A.
entnehme ich einer Vergleichung seines Textes mit Asser de
rebus gestis Aelfredi in Verbindung mit MS. C.

Asser [2]) verfasste im Jahre 894 oder 895 [3]) eine Biographie König Aelfreds, benutzte dabei den Abschnitt der Annalen
von 851—887 als chronologische Grundlage, übersetzte ihn,
knüpfte bisweilen Erweiterungen an, wie sie ein Zeitgenosse aus
eigener Kenntniss geben konnte und behandelte in mehreren ganz
selbstständigen Excursen die persönliche Geschichte seines Hel-
den. MS. C. oder die Annalen von Abingdon reichen von 66
a. Chr. — 1066, sind bis 1046 von derselben Hand geschrieben, dann von verschiedenen fortgesetzt. Die Uebersetzung
Assers, die abgesehen von seinen Erweiterungen sehr treu ist,
zeigt nun eine grössere Uebereinstimmung mit der in den Annalen von Abingdon erhaltenen Abschrift, als mit den Winchester
Annalen. Asser beginnt mit einer Genealogie der westsächsischen

---

1) Earle pag. XVI sagt von ihnen: therefore we will consider it as
an appendix of this section d. h. der Jahre von 855—891.

2) Nach den Ausführungen Pauly's im König Aelfred pag. 4 ist die
von Wright angezweifelte Aechtheit Assers aufrecht zu erhalten.

3) Von Aelfred sagt er: a vigesimo aetatis anno usque ad quadrage-
simum quintum quem nunc agit Mon. Hist. Brit. pag. 492. Und da
Aelfred 851 geboren, muss er 894 oder 895 geschrieben haben.

Könige, wie sie in den Annalen zum Jahre 855 eingetragen
ist. Dass er hierbei einen Text, ähnlich der Vorlage der Annalen von Abingdon vor sich hatte, zeigt eine Gegenüberstel-
lung der letzten Glieder dieser Geschlechtsreihe.

| Ann. v. Winchester. | Ann. von Abingdon. | Asser p. 469. |
|---|---|---|
| Itermon Hrawraing. þe wass geboren in þaere arce Noe. | Itermon Hadraing. Hadra Hwalaing. Hwala Bedwiging. Bedwig Sceafing. id est filius Noe. | Itermod, qui fuit Hathra, qui fuit Hwala fuit Bedwig, qui fuit Sem, qui fuit Noe. |

Zum Jahre 851 ist die Reihenfolge der Ereignisse bei Asser und den Annalen von Abingdon die gleiche, die Annalen
von Winchester nehmen eine Umstellung vor. Zu 853 fehlt in
den Winchester Annalen der in den Abingdon Ann. erhaltene
Satz: and þa ealdormen begen deade, Asser übersetzt: et comites
illi ambo ibidem occubuerunt. 873 lassen die Ann. von Winchester den bei Asser und den Ann. von Abingdon aufbewahrten
Namen des merkischen Königs Ceolwulf aus. Ein ähnliches
Verhältniss, theils im Inhalt theils im Stil zeigen die Jahre
853. 868. 885 (Asser 884) 886. 887.

An mehreren der oben angeführten Stellen, so besonders
853 ist das Verhältniss der Art, dass der Assersche und der
Text der Annalen von Abingdon dem ursprünglichen Text nä-
her gestanden haben muss: es ist hier bei Asser und bei den Ann.
von Abingdon keine Erweiterung anzunehmen, sondern bei den
Ann. von Winchester ein Auslassen von Dingen, die nothwendig in dem Original gestanden haben müssen. Man ist also
wohl zu dem Schlusse berechtigt, dass im MS. A. bis 893 hin
kein Original zu erblicken ist. Mehr als dieses negative Resultat ergiebt die Vergleichung nicht. Eine weitere Vergleichung
der Jahre vor 851 zeigt vielmehr, dass MS. A, wie es durch seine
alterthümlichen Formen eine bessere Autorität beansprucht, so
auch im Inhalt ursprünglicher als der Text von MS. C ist,
mit Ausnahme weniger Stellen [1]).

---

1) so 796 wo der König der Merkier in MS. C. richtig nach Kemble Cod. diplom. vol. I. N. 211. 212. 215 Cynulf genannt wird, während
MS. A. Ceolwulf hat.

Im Ganzen liegt daher auch diese Handschrift meiner Untersuchung zu Grunde. Nur in den eben angeführten Parthieen von 851—887 und in den Jahren, wo der ursprüngliche Text durch spätere Radierungen verwischt ist, ziehe ich die Lesarten von MS. C. und MS. G. [1]) hinzu.

Es mag hier gleich bemerkt werden, dass die Sprache im MS. A fast durchgängig derselben Entwickelungsperiode angehört, so dass sie für die historische Kritik nicht in Betracht kommt [2]).

## Die Annalen von Canterbury und ihre Fortsetzung.

Da die handschriftliche Ueberlieferung nicht weiter als bis zu Aelfreds Regierung zurückweist, sind von vorn herein zwei Ansichten über die Entstehung der Annalen möglich. Entweder sind sie erst unter Aelfred aus vorhandenem Material von einem Verfasser zusammengestellt [3]), oder es ist schon früher ein Kern vorhanden gewesen, [an den sich die Fortsetzungen nur anzuschliessen hatten [4]).

Es gab in England schon früher geschichtliche Aufzeichnungen ähnlicher Art. In continentalen Handschriften sind am Rande von Ostertafeln mehrere Reihen von Aufzeichnungen erhalten, deren Ursprung nach England, nach Lindisfarne und Canterbury weist. Die ältesten sind die 3 Codices der

---

1) MS. G. ist beim Brande der Cottonianischen Bibliothek zu Grunde gegangen, liegt aber der Ausgabe von Wheloc zu Grunde und war, wie Earle pag. LIII nachweist eine in der Sprache des 11. Jahrhunderts genommene Copie von MS. A., als dies noch frei von den jetzigen Verstümmelungen war.

2) Earle Introd. pag. VII. XVI.

3) Wie Pauly früher im König Aelfred pag. 14 und 245 und vor ihm Lappenberg Lit. Einleitung p. LIII angenommen.

4) So Earle Introd. pag. XI und Pauly in der angeführten Recension.

Annales Fuldenses antiqui [1]) die Annalen von Corvei [2]), deren angelsächsische Notizen aus Werden oder Münster stammten, und die Annalen von St. Germain des Prés [3]), wahrscheinlich von Alkuin nach Frankreich gebracht. Die letzteren beginnen ihre angelsächsischen Notizen schon mit dem Jahre 618, am weitesten hinab führen sie die Annales Fuldenses, die zu 735 den Tod Beda's erwähnen. Alle sind in lateinischer Sprache abgefasst und kentische Nachrichten wiegen so in ihnen vor, dass der urkundliche Anfang der englischen Geschichtschreibung in Kent und zwar in Canterbury gesucht werden muss. In den angelsächsischen Annalen finden sich ebenfalls eine Reihe von Aufzeichnungen, die sich über einen Zeitraum von 180 Jahren erstrecken und deren Ursprung nach Canterbury hinweist. Schon vom Jahre 664 an glaube ich Spuren von ihnen zu erkennen, doch sind sie in diesem Theile durch spätere Zusätze und Umarbeitung so unkenntlich geworden, dass sie mit Sicherheit nicht mehr herzustellen sind. Von 732 an bis 832 treten sie fast ganz ungemischt in characteristischer Form und mit ganz bestimmten Inhalt auf. Der Nachweis ist für die Kritik der Annalen von so grosser Bedeutung, dass ich sie hier ganz hersetzen muss.

733. Her sunne aþiestrode.

734. Her waes se mona swelce he waere mid blode begoten and ferdon forþ Tatwine and Bieda.

736. Her Noþhelm aercebiscop onfeng pallium from Romana biscope.

737. Her forþhere biscop and Friþogiþ cuen ferdun to Rome.

741. Cuþbryht waes to aercebiscope gehalgod and Dun biscop to Hrofesceastre.

746. Her mon slog Selred cyning.

748. Eadbryht Cantwara cyning fordferde.

---

1) Abgedruckt in den Mon. Germ. Hist. SS. I. 95. III, 116; vgl. Sickel Forschungen zur deutschen Geschichte IV, 454 sqq.

2) Jaffé Monumenta Corbeiensia pag. 32.

3) Mon. Germ. Hist. IV, 2.

754. Cantwaraburg forbaern þy geare.

758. Her Cuþbryht aercebiscop forþferde.

759. Her Bregowine waes to arcebiscope gehadod to Sancte Michaeles tide.

760. Her Aeþelbryht Cantwara cyning forþferde [1]).

761. Her waes se mycla winter [2]).

763. Her Jaenbryht waes gehadod to aercebiscope on þone feowertcgan daeg ofer midne winter.

764. Her Jaenbryht aercebiscop onfeng pallium.

772. Her Milred biscop forþferde [3]).

773. Her oþiewde read Christes meal on hefenum aefter sunnan setlgonge and þy geare gefuhton Mierce and Cantware aet Ottanforda and wunderleca naedran waeron gesewene on Suðseaxna londe.

780. Her Aldseaxe and Francan gefuhton [4]).

785. Her waes geflitfullic senoþ aet Cealchyþe [5]) and Jaenbryht aercebiscop forlet sumne dael his biscop-domes and from Offan cyninge Hygebryht waes gecoren and Ecgferþ to cyninge gehalgod.

790. Her Jaenbryht aercebiscop forþferde and þy ilcan geare waes gecoren Aeþelheard abbud to biscope.

792. Her Offa Miercna cyning het Aeþelbryhte rex þaet heafod ofaslean.

794. Her Adrianus papa [6]) and Offa cyning forþferdon [7]) and Aeþelred Norþanhymbra cyning waes ofslaegen from his agenre þeode and Ceolwulf biscop and

---

1) Nach Kemble Cod. dipl. I, Nr. 108 stellt Aethelbryht noch 762 eine Urkunde aus.

2) Ann. S. Amandi, Mon. SS. I, pag. 10. dagegen unter 764. tunc fuit ille gelus pessimus et coepit 19 cal. Januarii et permansit in 17 cal. Aprilis. Ann. Fuldenses Mon. SS. III, 116. 764 hic hiemps dura.

3) Milred stellt (Kemble I, Nr. 124) noch 774 Urkunden aus.

4) Diese Angabe kann sich nur auf 782 nach gewöhnlicher Rechnung beziehen. cfr. An. S. Amandi Mon. SS. I, 12.

5) Nach Kemble I, Nr. 153 erst 788.

6) Hadrianus starb 25. Decbr. 795 (An. Laubacenses Mon. SS. I, 15).

7) Offa stellt noch 796 Urkunde aus (Kemble I, Nr. 168). Ecgfrid sein Nachfolger in demselben Jahre (Kemble I, Nr. 170).

Eadbald biscop of þaem Londe aforon. and Ecgferþ
feng to Miercna rice· and þy ilcan geare forþferde.
and Eadbryht onfeng rice on Cent, þam waes oþer
noma nemned Praen.

796. Her Ceolwulf [1]) Miercna cyning oferhergeade Cantware oþ Mersc, and gefengun Praen hiera [2]) cyning
and gebundenne hine on Mierce laeddon.

797. Her Romane Leone þaem papan his tungon forcurfon
and his eagan astungon. and of his setle afliemdon.
and þa sona eft· Gode fultomiendum· he meahte geseon
and sprecan· and eft waes papa swa he aer waes [3]).

799. Her Aeþelheard aercebiscop and Cynebryht Wesseaxna biscop foron to Rome.

802. Her waes gehadod Beornmod biscop to Hrofesceastre [4]).

803. Her Aeþelheard aercebiscop forþferde and Wulfred
waes to aercebiscope gehadod and Forþred abbud
fordferde [5]).

804. Her Wulfred aercebiscop pallium onfeng.

805. Her Cuþred cyning forþferde on Cantwarum and
Ceolburg abbudesse ·and Heabryht aldormon.

812. Her Carl cyning forþferde [6]) and he ricsode XLV
winter· and Wulfred arcebiscop and Wigbryht
Wesseaxna biscop foron begen to Rome.

813. Her Wulfred aercebiscop mid bledsunge þaes papan
Leon hwearf eft to his agnum biscopdome.

814. Her Leo se aeþela papa and se halga forþferde· [7])
and aefter him Stephanus feng to rice.

816. Her Stephanus papa forþferde [8])· and aefter him

---

1) Ms. C. hat hier richtiger Cynulf. cfr. Kemble I, Nr. 175.179.188.

2) hiera ist Zusatz des spätern Bearbeiters, es kann in den ursprünglichen Annalen nicht gestanden haben.

3) Geschah 799 nach Ann. Einhardi (Mon. Germ. Hist. SS. I, pag. 16.)

4) Sein Vorgänger Adulf als testis im Jahre 804. (Kemble I, Nr. 188).

5) Forðred abbas erscheint als Zeuge unter mehreren Urkunden 796
(Kemble I, Nr. 170), 798 (Kemble I, Nr. 175), unter Offa (Kemble I, Nr. 166),
und war 803 (Kemble I, 185) noch auf der Synode von Clofeshoo zugegen.

6) Karl der Grosse starb 28. Jan. 814.

7) Leo starb 24. Mai 816 (Jaffé Regesta Pont. Rom. pag. 221).

8) Stephanus starb 24. Jan. 817. (Jaffé Reg. pag. 222).

waes Paschalis to papan gehadod· and þy ilcan
geare forborn Ongolcynnes scolu.

819. Her Cenwulf Miercna cyning forþferde [1])· and Ceolwulf feng to rice· and Eadbryht aldormon forþferde.

821. Her wearþ Ceolwulf his rices besciered [2]).

822. Her twegen aldormen wurdon ofslaegene· Burghelm
and Muca· and senoþ waes aet Clofeshoo [3]).

825. Her Ludecan Miercna cyning and his v. aldormen
mon ofslog mid him· and Wiiglaf feng to rice.

827. Her mona aþiestrode on middeswintres maesse niht.

828. Her eft Wilaf onfeng Miercna rices· [4]) and Aeþel-
wald biscop forþferde.

829. Her Wulfred aercebiscop forþferde.

830. Her Ceolnoþ waes gecoren to biscope and gehadod·
and Feologild abbud forþferde.

831. Her Ceolnoþ aercebiscop onfeng pallium.

832. Her haeþne men oferhergeadon Sceapige.

833. Her Hereferþ and Wigþen· tuegen biscepas· forþferdon
and Dudda and Osmod· tuegen aldormen· forþferdon.

Aus der Zeit vor 732 möchte ich noch die Jahre 664
(letzter Satz), 668 (letzter Satz), 669, 671, 673 (letzter Satz),
679, 694, 714 hinzurechnen. Die andern auf Canterbury und
Kent bezüglichen Nachrichten sind einer andern, später nach-
zuweisenden, Quelle entnommen, deren Kenter Nachrichten mit
den Annalen vielfach übereingestimmt haben müssen. Nachweis-
bar erstrecken sich die Canterbury Annalen von 732 an über
einen Zeitraum von 100 Jahren, ohne dass sich ihr Character
wesentlich ändert. Den Mittelpunkt für die Aufzeichnungen bilden die Erzbischöfe von Canterbury: die Reihenfolge derselben
ist regelmässig eingetragen, bei den meisten noch das Jahr,
in dem sie ihr Pallium empfingen; der Verfasser, der in den

---

1) Cenulfus stellt noch 821 eine Urkunde aus (Kemble I, Nr. 214).

2) Die beiden Urkunden Ceolwulfs sind vom 20. Sptbr. 822 (Kemble
I, Nr. 216.) und 26. Mai 823. (Kemble I, Nr. 217).

3) Die Synode zu Clofeshoo war 30. Sptbr. 824 (Kemble I, Nr. 218).

4) Wiiglaf stellt 28. Aug. 831 eine Urkunde aus, anno primo se-
cundi regni mei (Kemble I, Nr. 227), und in dieser Urkunde erscheint
der nach den Ann. schon 829 gestorbene Erzbischof Wulfred als Zeuge.

Jahren 794—817 schrieb, verzeichnet auch noch die Aufeinanderfolge der Päpste seiner Zeit. Erst in zweiter Linie stehen
die weltlichen Angelegenheiten, doch hier reicht der Blick der
Annalisten landeinwärts nur bis Merkien, dessen Königsge-
schlecht in der 2. Hälfte des 8. Jahrhunderts auch über Kent
gebot, von Wessex und Northumberland finden sich nur zwei
vereinzelte Notizen, die besonders Eindruck gemacht haben
mochten. In der Form stimmen sie ganz mit den ältesten
Annalen überein. Sie sind kurz und dürftig, von einer Erzählung ist keine Rede, die eigentliche Kenntniss der berichteten Dinge wird vorausgesetzt. Die Verfasser müssen Geistliche
in einem Kloster Canterbury's [1]) oder am Bischofssitze gewesen
sein. Die Chronologie ist in den Annalen gegen die gewöhnliche Zeitrechnung regelmässig um 2 Jahre zurück, wie oben
in den Noten nach Urkunden und andern Geschichtsquellen
festgestellt ist. Diese Berechnung stimmt auffallend mit den
Jahresangaben in den Canterbury Annalen des Cod. von St.
Germain des Prés. zu 618. 673. Mon. Germ. Hist. SS. IV. 2.
Doch möchte ich hierauf kein Gewicht legen. Sämmtliche
angelsächsische Urkunden dieser Zeit, die das Datum nach
Jahren ab Incarnatione domini berechnen, folgen der Aera
vulgaris des Dionysius, und es ist kaum anzunehmen, dass
man in einem Kloster Canterbury's aus wissenschaftlichem
Eigensinn von dieser Berechnung hätte abweichen sollen. Die
Differenz ist eher dem Versehen des spätern Ueberarbeiters
zur Last zu legen. Abgesehen hiervon sind die Angaben
chronologisch zuverlässig.

In diesen Canterbury Annalen erblicke ich nun den
Grundstock, an den sich die ganze Masse der angelsächsischen

---

1) Wenn die Erwähnung der beiden Aebte Forðred und Feologild
für die Herkunft der Annalen entscheidend sein soll, so müssen sie in
St. Peter und Paul verfasst seiu. Nach Kemble Cod. dipl. I, Nr. 200
bestätigt Wulfred Erzbischof von Canterbury 813 die Besitzungen des
Klosters Christi Salvatoris und Uuernoth wird hier als Abt genannt.
Da nur die beiden Klöster in Canterbury zn jener Zeit existierten, so
müssen Feologild und sein Vorgänger Forðred Aebte zu St. Peter und
Paul gewesen sein.

Annalen bis 893 anschloss [1]. Zunächst verband man mit ihnen eine Erweiterung und Fortsetzung, die von ganz anderm Standpuncte aus, nach Inhalt und Art der Aufzeichnung wesentlich verschiedene Nachrichten enthält.

Während die Canterbury Annalisten nur ganz kurz das notierten, was das Erzbisthum anging, nicht um dies zur allgemeinsten Kenntniss zu bringen, sondern um dem Bedürfniss des Klosters oder der am Bisthumsitz vereinigten Geistlichen zu genügen, tritt uns bei der Erweiterung als allgemeinster Gesichtspunkt das Bestreben entgegen, die kriegerischen Thaten der Könige von Wessex von Ecgberht an, mit besonderer Rücksicht der Kämpfe gegen die Dänen der Nachwelt zu überliefern. In diesem Sinne eingetragen sind die Ereignisse zu den Jahren 784. 787. 800. 813 (zweite Hälfte) 823. 827. 828 (zweite Hälfte) 833. 835. 836. 837. 838. 839. 840. 845. 851. 853. 855.

Bis zum Jahre 833 sind diese Nachrichten noch mit den Canterbury Annalen gemischt. Um aber den völlig veränderten Standpunkt des Verfassers derselben von den alten Canterbury Annalisten zu erkennen, muss daran erinnert werden, dass damals die Könige von Merkien bis 825 (Ann. 823) Kent beherrschten, dass sie in engster Verbindung mit dem Erzbisthum standen, gewöhnlich bei den Synoden der Erzdiöcese zugegen waren [2], überhaupt bis dahin weitaus die hervorragendste Stellung in Süd- und Mittelengland einnahmen [3]. Und trotz dieser engen Verbindung mit Canterbury ver-

---

1) Abweichend von Earle. Dieser sieht in Winchester Annalen, die mit Anfang des 7. Jahrhunderts daselbst begonnen und ohne Unterbrechung fortgesetzt wurden den ὀμφαλος der angelsächsischen Annalistik. Intr. pag. XI.

2) Offa zu Bregentforda 781 (Kemble I, 143), zu Aecleah 787. (ib. I, Nr. 151), zu Celchyð 788. (ib. I, 163), zu Celchyð 789. I, (ib. 155. 157), zu Clofeshoas (ib. I, 164. 167). Coennulf 798. (ib. II, 175), zu Clofeshoas 804. (ib. I, 186). Aecleah, 6. Aug. 805. (ib. I, 190). London, 1. Aug. 811. (ib. I, 196). 814. (ib. I, 207). 816. (ib. I, 210). Beornulf, zu Clofeshoh 30. Sept. 824. (ib. I, 218). 825. (ib. I, 219. 220).

3) Cfr. Briefe Carls des Grossen an Offa Jaffé Mon. Carolina pag. 351. 357, besonders den Brief Carls an den Papst Hadrian I. ib. p. 279.

zeichneten die Geistlichen daselbst nichts von ihren Kriegs-thaten, nichts von den Feldzügen Offa's gegen Wales[1]). Wie sollten sie da die Feldzüge Ecgberht's von Wessex, der mit dem Erzbisthum durchaus nicht so eng verbunden war, verzeichnen, wie jetzt zu den Jahren 800 und 813 berichtet ist? Bei der Beurtheilung der spätern Eintragungen über Ecgberht kommt allerdings in Betracht, dass derselbe 825 (An. 823) Kent eroberte, und dass dies Ereigniss von den Annalisten wohl aufgezeichnet sein musste. Unwahrscheinlich ist es aber, dass dies in der Ausführlichkeit geschehen, wie es uns jetzt in den angelsächsischen Annalen unter 823 vorliegt. Ein so plötzlicher Uebergang von den dürftigsten Notizen zu einer Art von Erzählung sogar mit Angabe von Motiven (þy hie from his maegum aer mid unryhte anydde waeran) ist nur dann denkbar, wenn ein ganz neuer Verfasser eintritt. Nun fallen aber nach 823 die Annalen zu 827—833 ganz in den alten Ton zurück: die Hand des Fortsetzers ist auch hier zu erblicken. Noch deutlicher wird der Unterschied beim Jahre 827. Hier steht die bekannte Angabe über Ecgberhts Bret-waldawürde. Die Namen der dort angeführten angeblichen Vorgänger Ecgberht's sind aber aus Beda hist. eccl. II, 5 abgeschrieben und die Tendenz einer gewissen Verherrlichung Ecgberhts, einer Erhöhung seiner Stellung durch die Anknüpfung an frühere hervorragende Herrscher ist so unverkennbar, dass sie den alten Annalisten von Canterbury nicht zugeschrieben werden kann. Nach dem Aufhören der Annalen von Canterbury, in den Jahren 835—855 tritt der Standpunkt des Verfassers ohne jede Mischung bestimmt und klar hervor.

Nächst dem ganz veränderten Inhalt unterscheiden sich aber diese im westsächsischen Sinne gemachten Aufzeichnungen auch dadurch von den Annalen von Canterbury, dass sie nicht gleichzeitig verfasst sind. Ein wesentlicher Unterschied zwischen gleichzeitiger Aufzeichnung und späterer Fixirung der Tradition besteht darin, dass erstere chronologisch sehr sicher ist, während letztere wohl noch die Thatsache aufbewahrt

---

1) Cfr. An. Cambriae 778. 784. Rer. Brit. med. ev. SS. pag. 10.

hat, nicht aber ihre Chronologie. Ein Beispiel dieser chronologischen Unbestimmtheit haben wir zum Jahre 787: Her nom
Beorhtric cyning Offan dohtor Eadburge. And on his dagum
cuomen aerest III scipu. and þa se gerefa þaerto rad. and
hie wolde drifan to þaes cyninges tune. þy he nyste hwaet
hie waeron. and hiene mon ofslog. þaet waeron þa aerestan
scipu Deniscra monna. þe Angelcynnes lond gesohton. Ob
hier das Datum der Heirath Beorhtric's auf chronologisch
sicherer Ueberlieferung beruht [1]), muss dahingestellt blei-
ben; in der Anknüpfung „on his dagum" und der darauf
folgenden Erzählung ist aber traditionelle Ueberlieferung zu
sehen; und in dem dritten Satze haben wir das Motiv des Verfassers, warum er aus der Fülle der Tradition gerade dieses
Ereigniss hervorhob. Eine Ergänzung der unbestimmten Zah-
lenangaben der Tradition durch eigene Combination des Verfassers zeigt zum Jahre 784 die Uebereinstimmung der Jahres-
zahl mit der Anzahl von Cynewulfs Gefolge. Aber auch noch
weiterhin befinden wir uns nicht auf gleichzeitigem Boden. So
beweist die doppelte Eintragung der Seeschlacht von Carrum,
während doch offenbar nur eine stattgefunden hat, unter die
Jahre 833 und 840, dass der Verfasser seine Erinnerungen nicht
genau auseinanderzuhalten im Stande war. Gegen die gleichzeitige Aufzeichnung spricht ferner das unter 851 stehende:
þaer waes þaet maeste wael geslogon on haeþnum herige þaet
we secgan hierdon oþ þisne ondweardan daeg. Aus dem bestimmt festgehaltenen Gesichtspunkt und der nicht gleichzeitigen
Aufzeichnung dieser westsächsischen Notizen folgt, dass der
Verfasser wahrscheinlich in einem Zuge die Ereignisse von
Ecgberht's und Aeþelwulfs Regierung, mit der Anknüpfung an
Beorhtric unter 784, niedergeschrieben hat. Viel später als 855
kann dies nicht geschehen sein; je mehr wir uns diesem Jahre
nähern, desto ausführlicher und zuverlässiger werden die Eintragungen, bis der Verfasser unter 855 die annalistische Grundlage
verlässt, im Zusammenhang die beiden letzten Jahre Aethelwulfs
erzählt, seinen Stammbaum nicht nur bis auf Wodan hinauf,

---

1) Eadburga virgo erscheint noch 787 unter einer Urkunde Offa's
Kemble I, Nr. 151.

sondern bis in die Arche Noah hinein verfolgt und das Ganze mit einem feierlichen Amen schliesst. Dies scheint auch auf den Abschluss seiner Thätigkeit hinzudeuten [1]; die Bestimmtheit der Nachrichten aus den letzten Jahren Aeþelwulfs vermissen wir für die nächsten 10—12 Jahre, die Regierungsdauer Aeþelbalds und Aeþelbryhts wird gleich beim Antritt hinzugefügt, über Aeþelbalds Regierung gar nichts berichtet, bei Aeþelbryht nur ein ganz allgemein zusammenfassendes Urtheil über den Character seiner Herrschaft gegeben, unter 860 findet sich auch wieder das unbestimmte „on his daege". Zu 855 möchte ich daher auch das Ende des Erweiterers und Fortsetzers der Canterbury Annalen setzen.

Er schrieb nicht in der Weise der alten Annalisten durchweg gleichzeitig, sondern berichtete die Ereignisse der Regierungen Ecgberht's und Aeþelwulf's wahrscheinlich in einem Zuge nach dem Tode des letzteren. Das in dem letzten Halbjahrhundert erfolgte Emporwachsen des westsächsischen Reiches und die bisher meist noch glücklich geführten Kämpfe mit den Dänen waren es, die den Anstoss zu seinem Werke geben. Hierbei scheint der Verfasser, einige kurze Notizen in den Canterbury Annalen [2] vielleicht abgerechnet, nur auf die mündliche Ueberlieferung und eigene Erinnerung angewiesen gewesen zu sein. Ob er noch in Canterbury oder schon im eigentlichen Wessex geschrieben: das zu entscheiden, haben wir keinen Anhalt mehr. Jedenfalls muss er mit dem Hause der Cerdicingen in gewisser Verbindung gestanden haben, wie ausser der schon angeführten Tendenz auch daraus hervorgeht, dass er den Aufstand Aethelbald's gegen seinen Vater und die noch bei Lebzeiten Aeþelwulfs erfolgte Theilung der Herrschaft [3] mit der unwahren Bemer-

---

1) Earle Introd. pag. XII: At the year 855 the Termination of an ancient Chronicle is plainly seen. pag. XIII meint er aber doch: The continuation of 855 and the annal of 860 appears like a later appendix by the same hand, and as the duration of the reign of Ethelbryht is given under 860, this could not have been written earlier than 865.

1) S. oben ad an. 823. (825).

3) Cfr. Asser Mon. Brit. Hist. pag. 471.

kung: and aefter þam tó his leodum com' (scil. Aeþelwulf nach seiner Rückkehr von Rom) and hie þaes gefaegene waerun, ganz verschweigt. Dass er ein Geistlicher war, geht aus der Rückführung der Genealogie bis auf Christus und dem Beifall, den er der Schenkung Aeþelwulfs an die Geistlichkeit spendet, hervor [1]. Das ist aber auch alles, was sich über seine Person feststellen lässt, einen bestimmten Namen zu nennen, ist man bei der Dürftigkeit der Nachrichten ausser Stande [2].

Seine Arbeit, wenn sie auch, gegen die alten Annalen von Canterbury gehalten, einen grossen Fortschritt, den ersten Anfang zu einer mehr zusammenhängenden Art von Geschichtsschreibung bedeutet, ist doch noch höchst mangelhaft. Meistens giebt er nur die ganz nackten Thatsachen, zu einer Erzählung finden sich kaum die ersten Ansätze, von einer eigentlichen Darstellung ist noch weniger zu reden. Ueber die Sprache, in der er sein Werk verfasste, ist sicheres nicht zu sagen, lateinische Ausdrücke, wie 792 rex, 837 und 851 dux und 855 Adam primus homo et pater noster est Christus, beweisen nichts für eine ursprünglich lateinische Abfassung. Die Chronologie der Canterbury Annalen findet sich noch 784 und 836, später tritt die gewöhnliche Rechnung ein, bestimmt seit 851.

# Die Compilation von Winchester 60 a. Chr.—755.

Diese Annalen von Canterbury mit der Fortsetzung bis 855 liegen aber nicht mehr abgesondert vor, sondern vom Jahre 60 a. Chr.—755 mit Ausnahme der oben pag. 13 den Annalen während dieses Zeitraums zugeschriebenen Nachrichten, geht ihnen ein Abschnitt vorher, den ich jetzt in seine Bestandtheile

---

1) Ann. 855. þy ilcan geare gebeotode Aeþelwulf cyning teoþan dael his londes ofer al his rice Gode to lofe and him selfum to ecere haelo.

2) Earle pag. XIII wollte den Abschnitt von 455 bis 855 erst Bischof Suidhun zuschreiben, verwarf die Ansicht wieder, weil der Verfasser nach 865 geschrieben hätte, während Suidhun schon 862 gestorben sei.

zerlegen muss, um den Beweis zu führen, dass er eine von dem bisher herausgeschälten Theil wesentlich verschiedene historische Arbeit ist und mit ihm in Canterbury selbst in gar keiner Verbindung gestanden haben kann.

Gleich das erste Annal 60 a. Chr. ist eine wörtliche Uebersetzung der den Schluss von Beda's hist. eccl. bildenden Recapitulatio, V, 24.[1])

| Beda V, 24. | Annalen. |
|---|---|
| Anno igitur ante Incarnationem Domini sexagesimo Gajus Julius Caesar primus Romanorum Brittaniam bello pulsavit et vicit nec tamen ibi potuit regnum obtinere. | Aer Cristes geflaescnesse LX wintra Gajus Julius se casere aerest Romana Bretenlond gesohte and Brettas mid gefeohte cnysede and hie oferswiþde and swa þeah ne meahte þaer rice gewinnan. |

In gleicher Weise sind zu den Jahren 47. 167. 189. 381. 409. 449. 538. 540. 565. 596. 601. 603. 604. 606 (Beda 605). 616. 625. 626. 627. 638. 640. 642. 644. 651. 653. 655. 664. 668. 670. 673. 675. 676. 678. 679. 680. 685. 688. 690. 704. 705. 709. 710. 715. 725. 729. 731 die Angaben der Recapitulatio mehr oder weniger wörtlich ins Angelsächsische übersetzt. Dass zu allen diesen Jahren nicht der Text der Kirchengeschichte, sondern ausschliesslich die Recapitulatio Quelle war, zeigt eine Vergleichung zu 664.

| Beda. | Annalen. |
|---|---|
| Eclipsis facta. Earconberct rex Cantuariorum defunctus, et Colman cum Scottis ad suos reversus est, et pestilentia venit, et Ceadda et | Her sunne aþiestrode and Arcenbryht Cantwara cyning forþferde and Colman mid his geferum for to his cyððe. þy ilcan geare waes |

---

1) Beda selbst leitet sie mit den Worten ein: Verum ea, quae temporum distinctione latius digesta sunt, ob memoriam conservandam, breviter recapitulari placuit. Er will also den Lesern seiner Kirchengeschichte gewissermassen einen chronologischen Leitfaden an die Hand geben. Dabei fällt auf, dass in der Recapitulatio mehreres berichtet wird, was im Text der Kirchengeschichte nicht steht. So die Erwähnung der Sonnenfinsterniss 538. 540, die Eintragungen unter 547. 675. 697. 698. 711. Es ist also kein blosser Auszug aus der Kirchengeschichte, sondern eine annalistische Aufzeichnung, die sich Beda für seinen Gebrauch zurecht gemacht hatte. In einigen Handschriften der Kirchengeschichte hat sie auch in Northumbrien verfasste Fortsetzungen erhalten, bis 734 im Cod. Moore, bis 766 im Cod. Phillips.

2. *

| | |
|---|---|
| Wilfred Nordanhymbrorum ordinantur episcopi. | micel mancwealm and Ceadda and Wilferþ waeron gehadode and þy ilcan geare Deusdedit forþferde ¹). |

Im Text der Kirchengeschichte finden sich diese Nachrichten über 4 Capiteln III, 27; IV, 1; IV, 26; III, 28 zerstreut.

Die Recapitulatio enthält zur Anknüpfung an die Vergangenheit einige Notizen über die Herrschaft der Römer in England, dann Nachrichten über die Bekehrung der einzelnen angelsächsischen Stämme zum Christenthum, mit besonderer Berücksichtigung Northumberlands, die Aufeinanderfolge der Könige von Northumberland, Merkien, Kent, endlich einige Provincialnachrichten von Northumberland. Sie wurde erst im Jahre 731 verfasst und konnte somit erst nach dieser Zeit historischen Aufzeichnungen zu Grunde gelegt werden. Durch ihre vollständige Aufnahme in den Abschnitt — 755 erscheint dieser von vorneherein als eine jedenfalls erst nach 731 angefertigte Compilation, die von einem einzigen Verfasser unternommen wurde. Von diesem Gesichtspunkte aus werden nun die andern Bestandtheile betrachtet werden müssen.

Ob ausser der Recapitulatio auch der Text der Kirchengeschichte benutzt ist, lässt sich mit gleicher Bestimmtheit nicht behaupten. Es finden sich jedoch sowohl in den Annalen als bei Beda übereinstimmende Nachrichten, so z. B.

| Annalen 658. | Beda III, 7. |
|---|---|
| Her Cenvalh gefeaht aet Peonnum wiþ Walas and hie geflemde oþ Pedridan. þis waes gefohten siþþan he of Eastenglum com. He waes þaer III gear on wraece. Haefde hine Penda adrifenne and rices benumenne forþon he his swostor anforlet. | Repudiata enim sorore Pendan regis Merciorum, quam duxerat, (scil. Cenvalh) aliam accepit uxorem, ideoque bello potitus ac regno privatus ab illo secessit ad regem Orientalium Anglorum, cui nomen erat Anna, apud quem triennio exulans fidem cognovit ac suscepit veritatis. |

ferner:

| Annal. 709. | Beda V, 18. |
|---|---|
| Her Aldhelm biscop forþferde, se waes be Westanwuda biscop and waes todaeled in foreweardum Danieles dagum in tua biscopscira | Quo defuncto (scil. Haeddi) episcopatus provinciae illius in duas parochias divisus est. Una data Daniheli, quam usque hodie regit |

---

1) Diese letzte Notiz gehört in die Annalen von Canterbury.

Westseaxna lond, aer hit waes an. | altera Aldhelmo, cui annis quatuor
oþer heold Daniel oþer Aldhelm, strenuissime praefuit . . . . Quo
Aefter Aldhelme feng Forþhere to defuncto pontificatum pro eo sus-
riçe. cepit Fortheri.

Diese Nebeneinanderstellung macht die Benutzung von
Beda's Kirchengeschichte nicht unwahrscheinlich, wenigstens
Reminiscenzen aus der Lecture derselben scheinen in die
Compilation übergegangen zu sein. Mit der Kirchengeschichte
haben die Annalen noch die Nachrichten 632. Beda II, 15.
634. Beda III, 7. 635. Beda III, 7. 636. Beda III, 7. 645.
Beda III, 7. 650. Beda III, 7. 660. Beda III, 7. 661. Beda IV, 13.
670. Beda IV, 12. 688. Beda V, 7. 703. Beda V, 18. gemein.
Dem Inhalte nach beziehen sich diese Stellen sämmtlich
auf Wessex [1]).

Nächst Beda ist zu den Jahren 1—110 der Anfang einer
wahrscheinlich auf Isidor beruhenden Chronik eingetragen, die
in der Weise dieses Historikers christliche und römische Geschichte mit einander verbindet. Gegen Earle's Ansicht, dass
Beda's Chronicon de sex aetatibus mundi zu Grunde gelegen,
spricht, dass die unter den Jahren 2. 30. 34. 35. 63. 71. 81. 84
verzeichneten Thatsachen sich in dem Chronicon nicht vorfinden,
Uebrigens ist der Nachweis der Herkunft dieser Notizen von
geringem Belang, auch bei der Kürze derselben und ihrer allgemeinen Verbreitung gar nicht möglich. Nur das ist hervor-
zuheben, dass diese Chronik mit dem Jahre 110 unmöglich
geendigt hat, und dass sie Nachrichten über England nicht

---

1) Von Schmidt a. a. O. ist behauptet worden, dass in den Annalen
die angelsächsische Uebersetzung der Kirchengeschichte, die dem König
Aelfred zugeschrieben wird, schon benutzt sei. Das ist aber ganz unmöglich. Denn die Recapitulatio, deren vollständige Aufnahme in die
Annalen wir eben nachgewiesen haben, ist von dem angelsächsischen
Uebersetzer gar nicht in sein Werk aufgenommen, und dass auch bei
den oben angeführten Stellen aus der Kirchengeschichte diese Uebersetzung nicht vorgelegen haben kann, zeigt eine Vergleichung des
Textes der Annalen zu 709 mit der Uebersetzung bei Smith, Beda pag.
635: ða he ða fordfered waes, ða waes se biscopdome þaere maegþe
on twa Biscopsciþe tôdaeled oþer waes seald Daniele ða he gyt to
daeg resteþ, oþer Ealdelme . . . ða he ða fordferde ða onfeng for hine
ðone Biscophad Forþhere.

enthalten haben kann. Die unter Ann. 6. angestellte Berechnung nach Jahren der Erschaffung der Welt wiederholt sich übrigens zu den Jahren 615 und 655 und beweist, dass dieselbe Hand, die die Chronik — 110 eintrug, auch bei diesen Jahren thätig war.

Ausser Beda und dieser Chronik, die wir mit Sicherheit als geschriebene dem Verfasser vorliegende Quellen nachweisen können, ist eine andere Art schriftlicher Aufzeichnungen benutzt, die im Mittelalter bei fast allen Völkern sehr früh, noch vor den Annalen entstanden sind: die Königsverzeichnisse.

Das der Könige von Wessex ist uns im Ms. A. vor den annalistischen Aufzeichnungen aufbewahrt. Es beginnt mit der Ankunft Cerdics in England, führt dessen Stammbaum bis auf Wodan hinauf und die Reihe der westsächsischen Könige mit Angabe ihrer Abstammung von Cerdic und der Dauer ihrer Regierung bis auf Aelfreds Regierungsantritt hinab. In die Gestalt, in der es jetzt vorliegt, ist es augenscheinlich erst unter Aelfreds Regierung gebracht und aufgeschrieben worden. Dass aber schon weit früher dergleichen Regentenverzeichnisse mit einer gewissen officiellen Geltung existirten, zeigen die merkwürdigen Stellen Beda's hist. eccl. III 1, wo er erzählt, dass nach den Regierungen Osric's und Eanfrid's im Jahre 633 cunctis placuit regum tempora computantibus, ut ablata de medio regum perfidorum memoria idem annus sequentis regis, id est Osualdi viri Deo dilecti, regno adsignaretur, und III 9, Siquidem ut supra docuimus, unanimo omnium consensu firmatum est, ut nomen et memoria apostatarum de catalogo regum Christianorum prorsus aboleri deberet, neque aliquis regno eorum annus adnotari [1]). Wer diese cuncti und omnes waren, deren Entscheidung allgemeine Gültigkeit hatte, ob nur Geistliche, oder vielleicht das Witenagemot, sagt Beda nicht. Ursprünglich werden diese Cataloge nur die Namen der Herrscher, die Dauer ihrer Regierung nebst der Abstammung vom Geschlechte

---

1) In der kurzen Chronologie am Schluss des Cod. Moore von Beda's historia ecclesiastica aus dem Jahre 737 steht ein northumbrischer Königscatalog von Ida bis Ceolwulf, in dem die beiden Könige Osric und Eanfrid nicht erwähnt werden. Abgedr. Smi fatio und Mon. Hist. Brit. pag. 290.

des Stifters der Monarchie enthalten haben, die Form eignete sich jedoch zu weitern Eintragungen von Begebenheiten aus der Regierungszeit. Was Beda zunächst von Northumberland berichtet, wird aber für alle Angelsächsischen Reiche gegolten haben. Denn wir finden in der Compilation bis 755 mehr oder weniger vollständig die Cataloge von Merkien, Kent, Northumberland und vor allem von Wessex benutzt. Von Merkien zu den Jahren 626. 655. 657. 704. 709. 716. 755, von Northumberland zu 547. 560. 588. 593. 670. 716. 731. 738, von Kent 488. 616. 640. 694. 725, von Wessex 534. 597. 611. 643. 672. 674. 676. 685. 688. 728. 741. 745.

Einen Einblick in das Verfahren des Compilators bei der Verbindung der nach Jahren ab incarnatione Christi geordneten Recapitulatio mit diesen Catalogen gewährt das Jahr 716.

| Annalen. | Beda. |
|---|---|
| Her Osred Norþanhymbra cyning wearþ ofslagen, se haefde VII winter rice aefter Aldferþe. þa feng Coenred to rice and heold II gear þa Osric and heold XI gear. and on þam ilcan geare Ceolred Mierena cyning forþferde and his lic resteþ on Licetfelda and Aeþelraedes Pendinges to Beardanigge. and þa feng Aeþelbald to rice on Mercium and heold XLI winter Aeþelwald waes Alweoing, Alweo Eawing, Eawa Pybing þaes cyn is beforan awriten. And Ecgbryht se arwierþa wer on Hü þam ealonde þa munecas on ryht gecierde þaet hie Eastron on ryht heoldon and þa ciriclecan scaere. | Osred rex Nordanhymbrorum interfectus et rex Merciorum Ceolred defunctus et vir Domini Ecgberct Hiienses monachos ad catholicum Pascha et ecclesiasticam correxit tonsuram. |

Man sieht hier deutlich, wie in die annalistische Grundlage der Recapitulatio die Angaben der Königscataloge über die Regierungsdauer proleptisch beim Regierungsantritt eingetragen werden, ohne dass der Verfasser auf chronologische Genauigkeit besondern Werth legt.

Mit den Königscatalogen sind die Genealogieen der Herrschergeschlechter bis auf Wodan hinauf verknüpft. Dieselben sind zwar in dem Catalog von Wessex enthalten, in dem oben pag. 23 Anmerkung 1 erwähnten northumbrischen Catalog finden

sie sich dagegen nicht, und eine ursprüngliche Verbindung ist
entschieden auszuschliessen, wenn die Aufzeichnung der Cataloge, wie man nach Beda (oben pag. 23) vermuthen muss, mit
Betheiligung der Geistlichkeit statt fand. Dagegen waren die Genealogieen weit im Munde des Volkes verbreitet, und die Allitera-
tion bei den einzelnen Namen macht es wahrscheinlich, dass sie
ursprünglich in poetischer Form existirten [1]). Die Aufzeichnung
derselben verdanken wir erst dem Compilator, wie aus dem
Annale zu 547 hervorgeht.

<table>
<tr><td>Beda.</td><td>Annalen.</td></tr>
</table>

Ida regnare coepit, a quo regalis
Nordanhymbrorum prosapia originem tenet, et duodecim annos in
regnum permansit.

Her Ida feng to rice þanon Nord-
anhymbra cynecyn onwoc. Ida
waes Eopping. Eoppa Esing. Esa
waes Inguing. Ingui Angenwitting.
Angenwit Alocing. Aloc Benocing.
Benoc Branding. Brand Baeldaeging.
Baeldaeg Wodening. Woden Freoþo-
lafing. Freoþolaf Freoþowulfing.
Freoþowulf Finning. Finn Godulfing.
Godulf Geating.

Dies ist der erste Eintrag der Genealogieen. Wenn wir
berücksichtigen, dass schon vorher Hengest und Horsa, Cerdic
und Cynric erwähnt werden, ohne dass ihre Genealogie hinzugefügt wird; dass dann aber gleich zu 552 die Abstammung
Cerdics an ganz unpassender Stelle bis auf Wodan hinaufge-
führt wird, so wird die Vermuthung, dass der Verfasser erst
durch die Notiz Beda's „a quo regalis Nordanhymbrorum prosapia originem tenet", zur Aufzeichnung derselben veranlasst
wurde, fast zur Gewissheit. Dass bei Eintragung der Genealogieen jedenfalls nur eine Hand thätig war, geht aus dem zwei-
mal angewendeten Ausdruck „þaes cyn is beforan awriten" zu 716
auf 626, zu 725 auf 694 zurückgehend hervor. Die Bevorzu-
gung von Wessex tritt bei den Königscatalogen und Genealogieen zuerst hervor; nur die Verwandtschaftsverhältnisse der
Cerdicingen werden ganz genau angegeben, während für die andern Königsgeschlechter eine gleiche Vollständigkeit nicht er-

---

1) Siehe hierüber Jacob Grimm, Deutsche Mythologie. Erste Aufl.
Göttingen 1835. Anhang, und John M. Kemble, Ueber die Stammtafeln
der Westsachsen. München 1836, angez. in Gött. gel. Anz. 1836. pag.
649 sqq. von J. Grimm.

strebt ist. Die Reihe der northumbrischen Könige wird bis auf
Eadberht 738, die von Kent bis auf Wihtred 725, die von
Merkien bis auf Offa und Ecgferb 755, herabgeführt, die andern angelsächsischen im 7. und 8. Jahrhundert noch unab-
hängigen Reiche, finden gar keine Berücksichtigung.

Ebenso wie die Genealogieen ist auch der Abschnitt als
eigene Aufzeichnung des Compilators aufzufassen, der uns in
das Heidenthum der Angelsachsen hinaufführt und Nachrichten
über die Ankunft der Sachsen in Kent und Wessex und über
die ersten Kämpfe mit den Britten enthält. Sie finden sich in
den Jahren 449. 455. 457. 465. 470. 477. 485. 488. 491. 495.
501. 508. 514. 519. 527. 530. 534. 544. 552. 556. 560. 568.
571. 577. 584. 592. 607. 614. 628.

Schon Lappenberg (Englische Geschichte I pag. 76. 87) hat
hervorgehoben, dass in diesen Aufzeichnungen eine chronologische Spielerei mit den den Angelsachsen geheiligten Zahlen
8 und 4 zu erkennen sei, so 449. 457. 465. 473. 477. 485 und
wieder 544. 552. 556. 560. 568 und Earle hat dann pag. IX
aus der Uebereinstimmung der Orts- und Personennamen eine
spätere die Sage durch etymologische Speculation ergänzende
Thätigkeit nachgewiesen [1]). Dass wir die Aufzeichnung erst
dem Verfasser der Compilation zuzuschreiben haben, dafür
spricht auch die Abhängigkeit von Beda's Chronologie.

| Beda 449. | Annalen 449. |
|---|---|
| Marcianus cum Valentiniano imperium suscipiens septem annis tenuit, quorum tempore Angli a Brittonibus accersiti Brittaniam adierunt. | Her Mauricius and Valentinus onfengon rice. and ricsodan VII winter. and on hiera dagum Hengest and Horsa from Wyrtgeorne geleadede Brytta kyning, gesohton Brytene on þam stede þe is genemned Hypwines fleot. aerest Bryttum to fultume. ac hie eft on hie fuhton. |

An diese sagenhaften Nachrichten knüpft sich vom Jahre
654—755 mit Abrechnung aller bereits früher ausgeschiedenen
Bestandtheile eine Reihe von dürftigen, aber ziemlich zahlrei-
chen, in geringen Zwischenräumen aufeinander folgenden Notizen
über Wessex, von denen Earle pag. X annimmt, dass sie völlig

---

1) Man vergleiche auch Kemble, The Saxons in England vol. I. pag. 29.

gleichzeitige in Winchester verfasste Aufzeichnungen seien. Die Chronologie ist aber gerade hier so unsicher; unter ein Jahr sind zuweilen weit auseinanderliegende Begebenheiten eingetragen, die Form der Aufzeichnung ist so verschieden, dass hier durchweg gleichzeitige Aufzeichnungen dem Compilator nicht vorgelegen haben können. Der Anfang dazu hätte doch schon vorhanden sein müssen, als Beda seine Kirchengeschichte schrieb und seine Nachrichten über Wessex von Daniel Bischof von Winchester erhielt. In keinem Theile der Kirchengeschichte ist aber die Chronologie so unbestimmt und unsicher als hier. Man vergleiche Beda IV, 7. *Eodem tempore* gens occidentalium Saxonum regnante Cynigilso fidem Christi suscepit, praedicante Birino episcopo, dann folgt der Tod des Birinus ohne Angabe des Jahres und der Sedenz, seine translatio ad Wentam civitatem *post annos multos* Haedde episcopatum agente; später, Agilberctus *multis annis* eidem genti sacerdotali jure praefuit. *Tandem* redit Galliam. Non *multis* autem *annis* post abscessum ejus transactis pulsus est Wini. Sicque provincia Occidentalium Saxonum *tempore non pauco* absque praesule fuit. *Qua etiam tempore* consecratus Leutherius *multis annis* episcopatum Gevissorum gessit; ferner IV, 12. Erst V, 18 ist eine bestimmte Angabe. Osredi regis principio antistes occidentalium Saxonum Haeddi coelestem migravit ad vitam, und diese offenbar aus Beda's eigener Kenntniss, wie die Berechnung nach Jahren des northumbrischen Königs zeigt. Bei dem sonst überall hervortretenden Bestreben Beda's seinen Angaben eine chronologisch sichere Grundlage zu geben, folgt, dass er über die Kirchen- und politische Geschichte von Wessex von Daniel chronologisch geordnete Nachrichten nicht erhalten hat. Wenn uns diese Thatsache schon mit einem gewissen Misstrauen gegen das Vorhandensein gleichzeitiger Aufzeichnungen in Wessex in so früher Zeit erfüllt, so wird dies bestärkt durch die Wahrnehmung, dass viele der angeblich gleichzeitigen Nachrichten nur viel später aufgezeichnet sein können. So 660. Her Aegelbryht gewat from Cenwale, and Wine heold þone biscopdome III gear. and se Aegelbryht onfeng Persa biscopdomes on Galwalum be Signe. Hier ist zunächst das Jahr 660 falsch. Aegelbryht war als episcopus occiden-

talium Saxonum noch 664 auf der Synode zu Streeneshalch zugegen (Beda III, 25), dann ist das Hinzufügen der Sedenz Wini's und
die gegen die ältesten Aufzeichnungen abstechende verhältniss-
mässige Fülle des ganzen Annal's, ein Beweis, dass hier eine
spätere Hand thätig war. Noch deutlicher spricht sich der
Character einer spätern Aufzeichnung zum Jahr 709 aus. Her
Aldhelm biscop forþferde, se waes be Westanwuda biscop and
waes todaeled in foreweardum Danieles dagum in tua biscop-
scire Westseaxna lond, aer hit waes an, oþer heold Daniel
oþer Aldhelm. Aefter Aldhelm feng Forþhere to. Dies Annale,
das, wie wir oben nachwiesen, auf einer Reminiscenz von Beda's Kirchengeschichte beruhen kann, zeigt durch die Zeitbe-
stimmung nach der Sedenz Daniels, dass der Verfasser lange
nach Daniels Tode schrieb und wohl das Factum, nicht aber
seine Chronologie kannte. Gleiche Ungenauigkeiten finden sich
zum Jahre 661, wo vier verschiedene Ereignisse berichtet werden,
von denen die beiden letztern, die Verleihung von Wight an
Ethelwald von Sussex und die Taufe der Inselbewohner nach
Beda hist. eccl. IV 12. IV 13 und Eddius, vita Wilfridi. Gale, pag. 72
20 Jahre später zu setzen sind. Ganz gegen die Form gleichzeitiger Aufzeichnungen ist auch das am Anfang der Regierung
häufig ausgesprochene Resumé über den Gesammtcharacter derselben, so 597 Her ongon Ceolwulf ricsian on Wessexum. and
simle he feaht and won. oþþe wiþ Ongelcyn. oþþe wiþ Walas.
oþþe wiþ Peohtas. oþþe wiþ Scottas, und ähnlich zu den Jahren
642. 741. 755. Diese Stellen können unmöglich gleichzeitigen Annalen entnommen sein; sie setzen die Kenntniss der
ganzen Regierungszeit voraus, und haben völlig das Ansehen,
als ob sie aus der Tradition vom Verfasser aufgezeichnet sind.
Andere Eintragungen dagegen, so besonders zu den Jahren
722. 739. 744. 745 treten ganz in der Form gleichzeitiger Aufzeichnungen auf. Die Möglichkeit ist daher nicht ausgeschlossen,
dass dem Compilator westsächsische Aufzeichnungen vorgelegen
haben. Sie sind aber durch eigene Zusätze des Verfassers aus
der Tradition so umgestaltet, dass sie in ihrer ursprünglichen
Form nicht herzustellen sind.

Zum Jahre 755 steht die eigentlich unter 786 gehörige
ausführliche Erzählung der Ermordung Cynewulfs von Wessex

Die Erwähnung aller Nebenumstände, die lebendige Schilderung des Auftretens der Personen, die Anführung ihrer Reden und Gegenreden, wobei einmal sogar die directe Rede beibehalten ist, sind sichere Anzeichen, dass die Geschichte einem alten Volksliede epischen Characters entnommen ist. Mit dieser ausführlichen Erzählung endigt die Thätigkeit des Compilators.

Seine Arbeit hatte die Recapitulatio Bedae zur chronologischen Grundlage, hiermit verband er den Anfang einer Weltchronik, die Königscataloge von Wessex, Kent, Northumberland, Merkien; ergänzte die Lücke der Recapitulatio von 440—597 aus der Sage und eigener Combination; fügte die Genealogieen hinzu und benutzte vielleicht in Wessex vorhandene Aufzeichnungen, die er aber nach der Tradition erweiterte und vermehrte. Eine Erzählung ist nicht beabsichtigt; mit Ausnahme von Cynewulfs Ermordung giebt der Verfasser nur ganz kurze Notizen. Sieht man von der Benutzung der Weltchronik ab, deren baldiges Aufhören wohl nur daraus zu erklären ist, dass ihr Inhalt mit dem Plane des Verfassers nicht übereinstimmte, so hat die Compilation einen durchaus national-angelsächsischen oder, schärfer bestimmt, westsächsischen Character. Dieser und der regelmässige Eintrag der Bischöfe von Winchester nöthigt, den Verfasser ebenda zu suchen. Er scheint ein Geistlicher gewesen zu sein, der mit Vorliebe für die alten Sagen seines Verfahren; und von nationaler Gesinnung erfüllt war und zugleich dem politischen Leben nicht fern stand, weil er vor allem doch die Geschichte der Könige und ihrer Kriegsthaten aufzeichnete. In diesem Gesichtspunkte berührt er sich mit dem Fortsetzer der Annalen von Canterbury; doch ist eine Identität beider nicht anzunehmen. Dagegen spricht, dass ein und derselbe Verfasser den Tod Cynewulfs nicht erst richtig unter das Jahr 784 und dann die ausführliche Erzählung desselben Ereignisses unter das Jahr 755 setzen konnte; dass ferner die Quellen der Compilation, die Königscataloge und Genealogieen fast aller angelsächsischen Reiche, in der Fortsetzung nicht benutzt sind; dass diese selbst viel ausführlichere und lebendigere Annalen enthält. Den Anlass zur Compilation sehe ich vielmehr darin, dass, als die Canterbury Annalen mit ihrer Fortsetzung bis 855 weitere Verbreitung gefunden hatten

nach Winchester gekommen waren, sich hier das Bedürfniss gel-
tend machte, auch über die fernere Vergangenheit unterrichtet zu
werden. Diesem Bedürfnisse kam die Arbeit des Compilators entgegen, indem er sich in der Form an die Canterbury Annalen
hielt und mit dem Jahre 755 schloss, vielleicht um eine gewisse
Uebereinstimmung mit dem Endjahr 855 herbeizuführen. Für
den Zeitpunkt der Abfassung erscheint nicht unwesentlich, dass
die Compilation nur Nachrichten über Kent, Mercien, Northumberland neben Wessex verzeichnete, dass Ostanglien dagegen,
welches bis 870 als selbständiger Staat bestand, gar keine Berücksichtigung findet. Bei dem sonst erkennbaren Bestreben
des Compilators wenigstens die Königsreihen der andern angelsächsischen Reiche zu verzeichnen, möchte ich annehmen,
dass zu seiner Zeit Ostanglien nicht mehr unter der Herrschaft
der Angelsachsen stand, sondern bereits in die Hände der Dänen übergegangen war, dass die Compilation also erst nach
870 verfasst wurde.

## Die Annalen von 855—893.

Ausser dieser eben besprochenen Ergänzung nach der Vergangenheit knüpft sich an die Canterbury Annalen und ihre
erste Fortsetzung die Weiterentwicklung der angelsächsischen
Annalistik. Die erste Stufe derselben reicht bis zum Jahre 893.
Von 894 an zeigen die Annalen, wie oben pag. 7 in Uebereim-
stimmung mit Earle und Pauly zu begründen versucht wurde,
einen solchen Fortschritt in Genauigkeit der Ueberlieferung,
Zusammenhang der Erzählung, Lebhaftigkeit der Darstellung,
dass hier ein neuer Verfasser eingetreten sein muss.
Der nach meiner Aufgabe noch zu untersuchende Abschnitt
beginnt nach dem feierlichen Amen unter 855 mit den Worten:
Ond þa fengon Aeþelwulfes suna twegen to rice ect., dann
folgt das Annale 860, von 865—893 sind zu jedem Jahre
Ereignisse verzeichnet. Die einzelnen Jahresberichte sind an
Umfang und Werth sehr verschieden; bald ist nur das ganz

ausserliche der Thatsachen in wenigen kurzen Worten angegeben (wie 865. 866. 869. 870. 872. 873. 880. 881. 883. 884. 888. 889); bald werden auch Nebenumstände verzeichnet und die Ereignisse, wenn auch ohne Verknüpfung mit dem unmittelbar Vorhergehenden, doch in sich im Zusammenhang erzählt, (867. 868. 874. 875. 876. 877 ect); zu 871 und 878 endlich füllt der Bericht mit genauer chronologischer Angabe fast das ganze Jahr aus.

Den Mittelpunkt der Aufzeichnungen bilden die Raubzüge der Dänen, nicht allein, soweit sie Wessex und die von ihnen abhängigen angelsächsischen Reiche berühren, sondern soweit sie überhaupt in England bekannt sein mochten. Die Fahrten, Plünderungen und Niederlassungen der Dänen in Ostanglien (866. 870), Merkien (868. 870. 872. 873. 874), Northumberland (867. 869. 873. 875. 876); ihre Angriffe gegen das Frankenreich (880. 881. 882. 883. 884. 887), gegen Deutschland (885. 891), werden genau und zuverlässig angegeben. Man kennt und unterscheidet die einzelnen Züge der Seinedänen in den Jahren 880—890; ist über die Zusammensetzung des deutschen Heeres in der Schlacht bei Löwen (891) unterrichtet; nur von den Loiredänen weiss man nichts. Gegen die Aufzeichnungen dieses Inhalts treten andere Ereignisse ganz zurück. Zu 885 ist eine Genealogie der westfränkischen Könige bis auf Pippin, Karls des Grossen Vater, gegeben, unter 887 die Theilung des ehemals gesammtcarolingischen Reiches nach Karl des Dicken Tode erzählt, zu 885 und von 887—890 stehen kurze Notizen über die Beziehungen König Aelfreds zu Rom; zu 879 und 891 sind Naturerscheinungen, 892 der Besuch irischer Mönche an Aelfreds Hofe, 860. 867. 888 Todesfälle kirchlicher Würdenträger verzeichnet.

Die Annalen dieser Jahre müssen gleichzeitig, wenigstens ohne Anhalt geschriebener Quellen, von Mitlebenden verfasst sein. Im Anfang ist zwar noch, wie oben pag. 18 in anderm Zusammenhang bemerkt ist, die Regierungsdauer von Aeþelbald (855) und Aeþelbryht (860) gleich beim Regierungsantritt hinzugefügt: 866 und 871 bei Aeþered und Aelfred fehlt dies Kennzeichen einer spätern Abfassung. Ausdrücke wie: þaes geares wurdon VIIII folcgefeoht gefohten wiþ þone here on þy cynerice he wiþan Temese, butan þam þe him Aelfred þaes cyninges broþur and anlipig aldormon and cyninges þegnas oft rade onridon, *þe mon na ne rimde*, (871) ferner mit Bezug auf den Tod des westfränkischen Königs Karl: and forþferde þy geare *þe sio sunne aþiestrode* (885) und der Satz: þy ilcan geare þe se here for forþ up ofer þa brycge aet *Paris* and Aeþelhelm aldormon laedde Wesseaxna aelmessan and Aelfredes cyninges to Rome (887), beweisen, dass ihr Verfasser nach seiner eigenen Erinnerung die Ereignisse ordnet und ihnen ihre chronologische Stelle anweist. Die Annalen der Jahre 871 [1]) und 878 [2]) mit der nach Tagen bestimmten Aufeinanderfolge des Geschehenen, das Annale zu 889 [3]) mit seiner halb positiven halb negativen Fassung können wohl nur unmittelbar nachher auf das Pergament gebracht sein. Andrerseits stehen unter einem Jahre Nachrichten verzeichnet, die in das folgende hinüberreichen; so zu 879, 880, 881, 882, 883, 884, 886 saeton þaer an gear; zu 887 gehn die Worte *tu winter on þam twam staedum* sogar auf 890. Zu demselben Jahr wird auch die erst 889 stattfindende zweite Schlacht [4]) in dem Kriege zwischen Beorngar und Wiþa erwähnt. Auch kleine chronologische Irrthümer zeigen, dass das Gedächtniss der Verfasser die erlebten Thatsachen nicht mehr in richtigem chronologischen Zusammenhang aufbewahrte. So wird der Tod Karlmanns [5]) von Frankreich, der 6. Dchr. 884 erfolgte, unter 885 und nur ein Jahr später, als der seines Bruders Ludwig gesetzt, während dieser schon 5. August 882 gestorben war. Der Abschnitt ist daher weder Jahr für Jahr, noch in einem Zuge geschrieben, sondern in Absätzen. Einen solchen Absatz könnte man am Schluss des Jahres 887 finden,

---

1) Die Zeitangaben folgen hier: þaes ymb III niht: þaes ymb IIII niht; þaes ymb IIII niht; þaes ymb XIV niht; þaes ymb II monaþ; þaes ofer Eastron., þaes ymb anne monaþ.

2) on midne winter ofer tuelftan niht; þaes on Eastron; þe on þaere seofoðan wiecan ofer Eastron, ymb ane niht; þaer sat XIIII niht; þaes ymb III wiecan; he waes XII niht wiþ þaem cyninge.

3) On þissum geare naes han faereld to Rome buton tuegen hleaperas Aelfred cyning sende mit gewritum. cfr. Earle Introd. pag. XV.

4) Cfr. Dümmler. Jahrbücher des ostfränkischen Reichs pag. 865 u. s.

5) Die Annalen nennen ihn Carl

wenn nämlich Asser's Exemplar wie man vermuthen muss[1]), nur bis zu diesem Jahre reichte. Vorher ist mit Bestimmtheit kein Ruhepunkt anzugeben.

Die Fragen nach dem Ort der Abfassung und nach der Persönlichkeit des Verfassers sind nur im Zusammenhang des ganzen Abschnitts bis 893 zu beantworten. Bisher ist der Nachweis zu führen versucht, dass die ältesten Bestandtheile der Annalen aus Canterbury stammen; dass dort Geistliche im kirchlichen Interesse kurze Aufzeichnungen gemacht; dass an diese Aufzeichnungen in der Mitte des neunten Jahrhunderts eine wesentlich verschiedene, politische, vom westsächsischen Standpunkte aus verfasste Fortsetzung sich anschloss; dass das in dieser Form vorhandene Geschichtswerk, wahrscheinlich erst nach 870, nach der Vergangenheit hin in Winchester ergänzt wurde. Mit dieser Ergänzung müsste die Aufzeichnung der Jahre nach 855 zusammenfallen, und es wäre fast nothwendig, dieselbe Hand hier und dort thätig zu sehn; der Compilator müsste nicht nur Chronist, er müsste auch Annalist gewesen sein. Und allerdings erscheint es nicht wahrscheinlich, dass die Ergänzung von 60 a. Chr. — 755, wenn ihre Abfassung erst nach 870 fiel, von jemand unternommen wurde, der seine Thätigkeit für die Geschichte hiermit abschloss und die nächste Vergangenheit ganz unberücksichtigt liess. An dem Unterschied in der Form der Nachrichten darf man keinen Anstoss nehmen. Für die entfernte Vergangenheit war der Verfasser an die Beschaffenheit seiner Quellen gebunden, das eigen Erlebte konnte er ausführlicher und gewandter niederschreiben. Die Auswahl der Thatsachen ist aber nach demselben Principe getroffen; hier wie dort sind es die allgemeinen politischen Angelegenheiten mit besonderm Hervortreten von Wessex, deren Aufzeichnung der Verfasser unternimmt. Die Genesis der Annalen bis 893 stellt sich dann folgendermassen. An die Canterbury Annalen schliesst sich die Fortsetzung bis 855 an, von der es nicht sicher ist, ob sie noch in Canterbury oder schon in

---

1) No doubt there were copies made of a chronicle which ended with 887, and one of these was in the hands of the composer of the Asserian Biographie. (Earle Introd. pag. XV).

Winchester geschrieben ist; diese einen Zeitraum von über
200 Jahren umfassenden Annalen erhielten eine Ergänzung
von 60 a. Chr. bis 755, die in Winchester verfasst wurde, und
wurden zugleich fortgesetzt. Einen Anhalt zur Entscheidung
der Frage, ob eine Hand den ganzen Abschnitt von 855 bis
893 geschrieben, oder ob mehrere dabei thätig gewesen, finde
ich nicht.

Im Gegensatz zu Earle hat die Untersuchung ergeben,
dass der Ursprung der angelsächsischen Annalistik nicht in
Winchester, sondern in Canterbury zu suchen ist, dass in den
Annalen, wie sie jetzt vorliegen, zwei ganz verschiedene Ele-
mente, ein kirchliches und national-angelsächsisches zu unterscheiden sind, und dass diese letztern Bestandtheile, die schon
vorher, wie Koenigscataloge und Genealogieen unabhängig be-
standen, mit der wirklichen Form erst später verflochten sind.

Diese Resultate glaube ich mit annähernder Gewissheit
nachgewiesen zu haben; dagegen bin ich mir wohl bewusst, dass
die höhere Darlegung dieses Hergangs nur auf mehr oder weniger begründeter Vermuthung beruht.